Ne tirez pas sur l'oiseau moqueur

FichesdeLecture.com

Ne tirez pas sur l'oiseau moqueur (Fiche de lecture)

I. BIOGRAPHIE DE NELL HARPER LEE

Nell Harper Lee est née en 1926 à Monroe en Alabama. Son père était avocat. De 1945 à 1949 elle fait des études de droit qu'elle décide d'arrêter pour aller vivre à New York avec la ferme intention de devenir écrivain. Elle trouve un boulot dans une compagnie aérienne où elle s'occupe des réservations. Elle consacre son temps libre à écrire, mais mettra des années, et de nombreuses corrections, pour terminer son livre. Il est publié en 1960 et se vend, en un an, à plus de 500.000 exemplaires. En 1961 son livre lui vaut le Prix Pulitzer. L'étranger achète les droits et le film, réalisé sur base du livre, sort en 1962 et gagne trois oscars.

Ce livre a été traduit dans une trentaine de langues et s'est vendu, à ce jour, à plus de trente millions d'exemplaires.

À part quelques articles de presse, Nell Harper Lee n'a plus rien écrit depuis. La raison de ce silence n'est pas connue, même si certains pensent qu'elle a préféré s'arrêter de peur de ne pas arriver à écrire un autre livre aussi bon.

II. RÉSUMÉ DU LIVRE

Jem (pour Jeremy) et Scout (pour Jean Louise) Finch sont les deux enfants d'Atticus Finch, avocat à Maycomb, toute petite ville dans le comté du même nom situé dans l'État d'Alabama. Atticus est un homme occupé puisqu'il est également un des députés de l'État. Même s'il est un père très présent et qui s'occupe de la formation de ses enfants, il laisse beaucoup de liberté à Calpurnia dans ce domaine. Elle est, en quelque sorte, la remplaçante de la mère des enfants que Jean Louise n'a quasiment pas connue.

Calpurnia est noire. Dill est le meilleur ami de Scout et participe à tous les jeux des enfants. Elle a également dans sa classe un garçon du nom de Walter Ewell. Aucun instituteur n'est jamais arrivé à garder un Ewell plus de quelques jours à l'école vu qu'ils doivent tous aider leur père qui possède un tout petit lopin de terre en bordure de la décharge publique. Les Ewell sont donc ignorant, vivent dans une baraque, mangent parfois certains déchets trouvés dans la décharge et sont sales ô possible.

Le début de cette histoire nous raconte essentiellement la vie des enfants, leurs rêves, leurs jeux, leurs fantômes et leurs craintes. Parmi ces dernières figure en bonne place la maison juste à côté de la leur. Elle appartient aux Radley, famille dont fait partie un homme au nom de Boo Radley que les enfants n'arriveront jamais à voir, sauf une seule fois. Il ne sort jamais et cela les intrigue terriblement. Cette partie du livre nous campe aussi très bien tout le milieu dans lequel les enfants évoluent : les voisines, les noirs, les Cunningham, les Ewell etc.

Nous sommes bien sûr dans le Sud le plus profond et le plus raciste. Cette société pourrait se diviser en trois éléments bien distincts : les blancs installés depuis des générations et moyennement aisés, les « petits blancs » très pauvres et les noirs. Le milieu baigne dans le racisme, mais celui des petits blancs envers les noirs est encore bien pire que le premier.

Dans cette partie du livre, nous verrons comment Atticus élève ses enfants et il est évident que leur comportement et leurs pensées découlent de cette éducation qui sort totalement des normes de l'époque et de celles du Sud en particulier. Atticus est un homme droit et honnête, tolérant, qui se donne aux autres et à sa communauté. Cette droiture va parfois très loin et c'est elle qui le mènera à défendre un noir en justice, alors qu'il aurait violé une jeune fille blanche.

Le récit est mené par Jean Louise qui, après tout, n'est qu'une enfant. C'est ce qui nous vaut quelques histoires de fantômes et donne parfois un aspect merveilleux à ces pages. En outre, Scout ne comprend pas toujours tout, ou pas ce qu'il faudrait. Et cela aussi donne un ton particulier à ces pages. Par moments ces lignes sont pleines de doutes et de questions.

La seconde partie du livre sera celle du procès. Outre l'accusé, Tom Robinson, jeune homme noir déjà marié et avec des enfants, nous ferons la connaissance de personnages importants et hauts en couleur, comme le shérif Heck Tate, le juge Taylor, Bob Ewell, père de la jeune fille, et celle-ci, Mayella Violet Ewell, la plaignante ou la « violée »

Grâce à l'habileté d'Atticus Finch, il sera bien vite certain, pour le lecteur, que Mayella n'a pas du tout été violée, mais aurait plutôt elle-même violé. Et les traces de coups ?... Ils n'auraient pas été donnés par Tom Robinson pour arriver à violer Mayella, mais bien par Bob Ewell lui-même qui a surpris sa fille alors qu'elle tentait d'allumer Tom. Fou de rage, il aurait battu sa fille, Tom s'étant déjà enfui, et aurait décidé de sauver la face en portant plainte pour viol contre Tom. De toute façon, ce n'est qu'un noir et sa fille s'est dévergondée en acceptant de toucher un tel être... Un médecin ?... Personne n'a pensé à en appeler un, ni à en consulter un !... Rien ne prouve donc le viol !... . Et la petite Scout va assister à ce procès en compagnie de Jem ! Comme il n'y avait plus de places disponibles, ils ont été reçus par le pasteur noir parmi les rangées réservées aux noirs. On y parle de viol et de coups, elle ne comprend pas tout, mais elle est là et écoute son père, le juge Taylor, les témoins, la « violée », etc.

Le jury se retire pour délibérer : Jem, comme Scout, et bien d'autres sont convaincus qu'Atticus Finch a gagné. La délibération est très longue et Scout s'endort et ne se réveillera que pour entendre « Coupable ! » À cette époque, en Alabama, le viol c'était la chaise électrique...

Mais Atticus n'est pas effondré. Il est toujours certain qu'il arrivera à sortir Tom Robinson de là. Il considère que c'est déjà très important d'avoir obtenu que le jury ait dû délibérer aussi longtemps pour arriver à rendre son jugement ! Après tout, il s'agissait d'un viol d'une blanche par un noir !... Et en Alabama !...

En attendant, Bob Ewell, toujours fou de rage sur Atticus qui lui a fait perdre la face, lui dit que, d'une façon ou d'une autre, il se vengera. Nombreux seront les gens de Maycomb à ne pas comprendre qu'il ait pu accepter de défendre un noir contre une blanche.

Tom Robinson est envoyé dans une prison un rien plus lointaine afin d'éviter un éventuel lynchage. Mais il n'arrive pas à accepter la prison et tente de s'évader. Il sera abattu de dix-sept balles dans le corps, alors qu'il tentait de passer par-dessus les grillages. Il appartiendra à Atticus et à Calpurnia d'aller annoncer son décès à sa femme.

Quant à Atticus il mettra beaucoup de temps à expliquer à Scout ce qu'est la justice et pourquoi les membres du jury ne sont pas nécessaire-ment de mauvaises personnes.

Voilà qu'un soir se tient une fête historique à l'école. La ville tente de reconstituer son histoire et de la présenter en costumes d'époque. Scout fait partie du programme et se retrouve affublée d'un déguisement très encombrant. À la fin de la soirée, elle doit rentrer avec Jem alors que toutes les lumières sont déjà éteintes dans la cour. L'école est à côté de chez eux, mais ils doivent traverser une zone particulièrement sombre, juste avant de passer devant la maison des Radley.

Jem entend un pas lourd derrière eux. Le pas s'arrête quand eux s'arrêtent... Puis celui-ci repart en même temps qu'eux... Ils sont très inquiets... Soudain Scout vole par terre et manque de se faire écraser par un corps. Elle est protégée par son déguisement qui comprend de la ferraille. Elle entend Jem qui saute sur l'homme, mais il pousse un cri terrible et est repoussé. L'homme est à nouveau sur elle, mais elle sent qu'il est soulevé par quelqu'un qu'elle prend pour Jem et la voilà délivrée. Une courte bagarre et tout se calme. Elle se redresse et voit un homme appuyé à un arbre et qui tousse terriblement. Jem est par terre et une autre forme humaine aussi, mais un peu plus loin. Elle ne bouge plus.

Tout le monde rentre chez les Finch et l'on dépose Jem sur son lit. Son bras a une drôle de forme... Le médecin arrive et constate une vilaine fracture au niveau du coude. On le soigne.

Arrive Heck Tate, le shérif, et Scout voit un homme debout dans la chambre de son frère. Il reste dans l'ombre et elle n'arrive pas à l'identifier. M. Tate discute longuement avec Atticus et prend le témoignage de Scout. Il annonce que l'homme resté par terre près de l'arbre n'est autre que Bob Ewell. C'est lui qui a attaqué Scout et cassé le bras de Jem. Il est mort, un couteau de cuisine planté dans le ventre.

Mr.Tate refuse formellement qu'Atticus entame des démarches judiciaires qui pourraient nuire à Tom. Il maintient fermement que c'est lui le shérif et qu'il lui appartient de décider. Pour lui, les choses sont claires : Jem, avec le bras cassé, n'aurait pas pu lutter plus longtemps contre Ewell. Les choses sont donc évidentes pour lui : Ewell est tombé sur son couteau et s'est tué lui-même. Ewell voulait se venger d'Atticus en attaquant sa fille, il était bien trop lâche que pour oser s'en prendre directement à lui, dit M. Tate. Et Mr.Tate prononce ces phrases : « Un malheureux noir est mort pour rien, et celui qui en est responsable est mort. Laissons les morts enterrer les morts » et il poursuit : « Je n'ai jamais entendu qu'il était illégal de faire tout son possible pour empêcher un crime d'être commis... » Et le shérif sait à quel point il est nécessaire t'enterrer cette affaire pour le salut du sauveur de Scout...

Mais qui a sauvé Scout ?... L'homme debout dans le noir et qui ne désire qu'une chose : qu'on ne parle plus jamais de lui et qu'on le laisse tranquillement retrouver sa maison. Enfin, Scout va voir son visage : c'est Boo Radley qu'elle a pour la première fois devant elle !...

III. LE CONTEXTE

Nous sommes environ dans les années trente et cette histoire se déroule sur trois années à peu près. Maycomb est une petite ville du Sud comme les autres, semblable à celle décrite par Faulkner dans « L'intrus », une autre affaire de meurtre pour lequel un noir est injustement accusé (cela arrange toujours tout le monde, sauf la communauté noire, bien sûr...)

Le racisme règne en maître parmi la majorité de la population, surtout celle des pauvres blancs des campagnes et il en va encore bien souvent ainsi aujourd'hui. Le viol était puni de la chaise électrique et le fait que la violée soit blanche et le violeur un noir ne peut qu'attiser la colère et les désirs de vengeance.

IV. LES PERSONNAGES PRINCIPAUX

Scout ou Jean Louise Finch

Elle n'a que huit ans environ quand cette affaire débute et en aura à peu près onze quand elle finira. Elle est la narratrice de l'histoire et c'est au travers des yeux de cette enfant que nous avancerons dans les faits. Au départ elle ne pense qu'à inventer des histoires fantastiques et de nouveaux jeux avec son frère Jem et son ami Dill. Elle ne peut s'empêcher de trouver son père, qu'elle adore par ailleurs, bien trop normal et presque banal. Elle aurait rêvé qu'il soit autre chose qu'un avocat qui va et qui vient entre son bureau et sa maison. Il aurait été un pompier héroïque ou un grand joueur de basket-ball que cela l'aurait parfaitement convenu. Elle aurait voulu avoir un père extraordinaire, ce qu'il est d'ailleurs, mais elle est trop petite que pour le sentir.

Scout adore son frère Jem mais deviendra folle de rage quand il commencera à jouer l'important, le grand, celui qui sait alors qu'elle serait trop petite pour savoir.

C'est une gamine très intelligente et qui possède une forte personnalité. Elle n'hésite jamais à poser des questions quand elle ne sait pas quelque chose et accepte les réponses pour autant qu'elles soient logiques et qu'elle sente qu'on ne tente pas de lui cacher quelque chose.

Jem Finch

Au début du livre, il a encore l'âge de jouer avec Scout et Dill, mais, par la suite, il va s'approcher de l'adolescence et ne les suivra plus que très rarement. Il considèrera qu'il n'a plus l'âge pour ces jeux et se tournera, ou fera croire qu'il se tourne, vers les problèmes des adultes et qu'il les comprend. Il est tout aussi volontaire que Scout et aura toujours à cœur de surmonter ses craintes et d'éviter qu'on puisse croire qu'il est peureux. Il adore conseiller sa sœur du haut de sa « grande expérience » de la vie, mais il est vrai qu'il est plus souple, moins entier qu'elle.

Atticus Finch

C'est un homme courageux et bon. Mais il est aussi tolérant et très ouvert aux autres. En chacun il tente de trouver ce qu'il a de meilleur. Malgré tout ce qu'il a déjà vu et connu, il conserve toute sa confiance en l'homme. Il a aussi confiance en la justice et estime qu'elle est la seule institution devant laquelle tous les hommes sont égaux. La pratique veut cependant que ce ne soit pas le cas ici et que c'est loin d'être le seul exemple.

Atticus se dévoue aussi pour représenter son comté au parlement de l'État d'Alabama. Il adore ses enfants et les élève de façon libre avec l'aide de Calpurnia. Il n'esquive jamais une question et tente toujours d'y répondre le mieux possible. Son caractère tolérant, ouvert et intègre ressort à chaque occasion. Mais il garde ses mystères. Pourquoi ne veut-il plus toucher un fusil ? Pourquoi laisse-t-il ses enfants l'appeler par son prénom à une époque où cela devait être très peu compris ? Il est un père plus âgé que ne le laisse penser l'âge de ses enfants, est-ce pour cela qu'il ne joue jamais avec eux, ou rit aussi peu ?... Tout porte à croire que sa nature est d'être sérieux.

Le juge Taylor

Il ne fait certainement pas partie de la population raciste de Maycomb. En effet, Tom Robinson aurait normalement été défendu par un avocat commis d'office, ce qui lui aurait laissé peu de chances. C'est lui qui a insisté auprès d'Atticus pour qu'il le défende. À plusieurs reprises durant le procès il ne cachera pas de quel côté son opinion penche.

Heck Tate

Le shérif tente également de rester objectif et il ne charge pas Tom Robinson. Il n'hésite pas à s'opposer fermement à Atticus lors de la mort de Bob Ewell. Il a une conception des choses qui est aussi humaine.

La tante et sœur d'Atticus

Elle est pleine de préjugés et pétrie de conventions. Elle considère que son frère élève mal ses enfants, car il les laisse trop libres. À l'écouter, il devrait se séparer de Calpurnia qui n'est pas capable de faire ce qu'il faut. Elle finira pourtant par s'humaniser un rien.

Calpurnia

Elle fait le relais entre les Fynch et la communauté noire de Maycomb. Atticus a beaucoup d'estime pour elle et n'hésitera pas à faire comprendre à sa sœur qu'il ne peut être question qu'il s'en sépare. C'est une femme qui a aussi du caractère et n'est pas n'importe qui dans la communauté noire.

Bob Ewell

Il est une caricature du « petit blanc » Raciste au possible, vit à charge de la communauté et boit ses allocations au point de ne plus avoir de quoi nourrir ou vêtir ses nombreux enfants. Ils le feront en fouillant dans la décharge publique. Il refuse que ses enfants restent à l'école, soi-disant ils doivent l'aider à survivre. Il est teigneux, hargneux et n'hésite pas à frapper pour autant que ce soit plus faible que lui.

V. LES IDÉES DÉFENDUES DANS LE LIVRE

Elles sont nombreuses, mais il convient de tenter d'en isoler certaines.

Le racisme

Ce sentiment est évidemment à la base de tout le livre. La population est entièrement, ou presque, acquise à la cause d'Ewell et de Mayella. Qu'un noir se soit mal comporté n'est jamais pour eux qu'une évidence. Comment pourrait-il en être autrement ?... Et c'est encore un comportement de noir que d'avoir tenté de fuir la prison. Harper Lee écrit : « Aux yeux de Maycomb la mort de Tom était Typique. Comme il était Typique d'un nègre de filer. Typique de la mentalité d'un nègre de ne pas avoir de projets, de ne pas réfléchir à l'avenir.... Non ! Vous savez comme ils sont... Les nègres finissent toujours par laisser parler leur vrai fond. »

Le livre est bourré de telles opinions toutes faites !

Notons au passage que les noirs sont toujours désignés par le mot « nègre » C'était la normale à cette époque, et il en va de même dans Faulkner ou chez d'autres écrivains du Sud des États-Unis de l'époque.

Cela était tellement profondément ancré dans l'esprit des gens que l'institutrice de Scout peut, en toute bonne foi, dire que la démocratie américaine est un système politique et juridique qui refuse d'écraser ou de martyriser certains groupes de personnes...

La religion

Comme dans presque toutes les communautés américaines, celle-ci est aussi omniprésente. Avec Bush, elle vient de retrouver une nouvelle vigueur, s'il en était besoin. La société est divisée en chrétiens et protestants. Les premiers sont peu appréciés aux États-Unis et les seconds sont de loin les plus nombreux. Au sein du protestantisme il existe de très nombreuses variantes, comme les méthodistes, les baptistes, les mormons, etc. Chacun se doit de faire partie d'une église et ce sont les athées ou les agnostiques qui sont les plus mal vus.

Notez au passage que Scout, assistant à un office noir en compagnie de Calpurnia, se fait la remarque que ce sont chaque fois les mêmes choses qui sont dites, que ce soit chez les blancs ou chez les noirs. La seule différence qu'elle voit c'est que chez les noirs le pasteur apostrophe directement les gens et cite leurs noms.

Dans ce livre le nom du Seigneur est constamment évoqué, même sous forme de jurons.

Notez au passage que Harper Lee cite le nom de William Jennings Bryan, un homme politique démocrate, mort en 1925, trois fois candidat à l'investiture présidentielle, qui voulait interdire l'enseignement de la théorie de l'évolution dans les écoles. Mais il existe encore aujourd'hui des hommes politiques américains et des mouvements de citoyens qui voudraient obtenir cela !

Le système juridique

À un moment du livre, Atticus, Jem et Scout discutent quant à la valeur du système juridique. Atticus maintient que celui-ci offre l'égalité des droits pour tous. C'est très relatif, car, pour commencer, un Noir quelconque n'a pas un avocat tel que lui. Il ne saurait pas se le payer. Presque à chaque fois les noirs sont défendus par des avocats commis d'office. Ceux-ci valent ce qu'ils valent et il y a à peine deux ans un accusé noir a été condamné et exécuté alors que les preuves étaient pour le moins discutables et qu'il a été prouvé que son avocat, commis d'office, avait dormi plus de la moitié du procès sur son banc !... Ici c'est le juge Taylor qui a insisté auprès d'Atticus pour qu'il s'occupe de l'affaire. Il convient d'admettre, surtout à l'époque, qu'il n'y a pas de justice pour un noir.

Atticus admet qu'avec le système du jury, Tom Robinson avait bien peu de chances. En effet, nous pourrions dire que l'affaire était entendue bien avant le procès lui-même. Un jury reflète l'opinion commune d'un groupe et il faut beaucoup de courage pour aller à l'encontre de l'opinion générale. Atticus admet qu'il aurait eu plus de chances avec un juge professionnel du type de Taylor, ce qui, en l'occurrence, est flagrant.

Les jurés

Une des injustices qui découle du principe du jury est montrée du doigt par Scout. Elle demande pourquoi les membres du jury sont toujours des gens de la campagne (ils sont bien sûr les plus racistes) Atticus avoue que cela fausse les choses, mais dit que les gens des villes ne veulent pas en faire partie et donnent des excuses que le juge se voit contraint d'accepter, même s'il ne l'apprécie pas.

Notez qu'Atticus se refuse à admettre que les jurés ne sont pas des gens bien. Il dit à Scout qu'ils ne sont pas responsables, que c'est simplement que « ... quelque chose se mettait entre eux et la raison. » et ce quelque chose c'est l'opinion communément admise. À la fin de sa plaidoirie, Atticus dit que les témoins de l'accusation sont convaincus que le jury les suivra « avec la certitude cynique que leurs dépositions ne seraient pas mises en doute, que vous, messieurs les jurés, vous les suivriez en vous fondant sur la présomption, la malveillante présomption, que tous les noirs mentent, que tous les noirs sont fondamentalement des êtres immoraux, que tous les noirs représentent un danger pour nos femmes... ».

Les jeux, le fantastique et les rêves

Ces éléments ont également une grande importance dans la première partie de ce livre. Cela vient du fait qu'il est raconté par une petite fille qui adore le fantastique. Son ami Dill est champion dans le domaine de la créativité et de l'imagination. On parle de fantôme, de dangers plus terribles les uns que les autres, etc.

Le temps

Harper Lee maîtrise le temps à la perfection et nous sentons celui-ci avancer suivant l'évolution de Scout, de Dill ou de Jem.

Le shérif

Nous voyons celui-ci s'opposer fermement à Atticus. Notez au passage qu'aux États-Unis le shérif, équivalent à un commissaire de police chez nous, n'est pas un fonctionnaire. À la différence du commissaire de police, il n'est pas nommé, mais élu. Il est élu par les citoyens et payé par la communauté. Cette élection le rend à la fois plus fort et plus faible. Il a la force qu'il tire de cette élection, mais, par contre, il se voit aussi contraint de satisfaire ses électeurs s'il voulait être réélu.

VI. LE STYLE

Harper Lee utilise un style superbe tout en tenant compte que c'est une petite fille qui raconte l'histoire. Elle ne tombe ni dans le manichéisme, ni dans le moralisme ce qui n'était pas facile à faire !

Ce livre est considéré, par plusieurs générations, comme un livre « culte » Cela vient aussi du fait que l'histoire qu'il raconte, que les comportements humains qu'il montre, sont vraiment universels !...

Dans la même collection en numérique

Escadrille 80

Inconnu à cette adresse

La controverse de Valladolid

Les Vilains petits canards

Une partie de campagne

Cahier d'un retour au pays natal

Dora Bruder

L'Enfant et la rivière

Moderato Cantabile

Alice au pays des merveilles

Le faucon déniché

Une vie

Chronique des Indiens Guayaki

Je voudrais que quelqu'un m'attende quelque part

La nuit de Valognes

Œdipe

Disparition Programmée

Education européenne

L'auberge rouge

L'Illiade

Le voyage de Monsieur Perrichon

Lucrèce Borgia

Paul et Virginie

Ursule Mirouët

Discours sur les fondements de l'inégalité

L'adversaire

La petite Fadette

La prochaine fois

Le blé en herbe

Le Mystère de la Chambre Jaune

Les Hauts des Hurlevent

Les perses

Mondo et autres histoires

Vingt mille lieues sous les mers

99 francs

Arria Marcella

Chante Luna

Emile, ou de l'éducation
Histoires extraordinaires
L'homme invisible
La bibliothécaire
La cicatrice
La croix des pauvres
La fille du capitaine
Le Crime de l'Orient-Express
Le Faucon malté
Le hussard sur le toit
Le Livre dont vous êtes la victime
Les cinq écus de Bretagne
No pasarán, le jeu
Quand j'avais cinq ans je m'ai tué
Si tu veux être mon amie
Tristan et Iseult
Une bouteille dans la mer de Gaza
Cent ans de solitude
Contes à l'envers
Contes et nouvelles en vers
Dalva
Jean de Florette
L'homme qui voulait être heureux
L'île mystérieuse
La Dame aux camélias
La petite sirène
La planète des singes
La Religieuse
1984 A l'Ouest rien de nouveau
Aliocha
Andromaque
Au bonheur des dames
Bel ami
Bérénice
Caligula
Cannibale
Carmen

Chronique d'une mort annoncée
Contes des frères Grimm
Cyrano de Bergerac
Des souris et des hommes
Deux ans de vacances
Dom Juan
Electre
En attendant Godot
Enfance
Eugénie Grandet
Fahrenheit 451
Fin de partie
Frankenstein
Gargantua
Germinal
Hamlet
Horace
Huis Clos
Jacques le fataliste
Jane Eyre
Knock
L'homme qui rit
La Bête humaine
La Cantatrice Chauve
La chartreuse de Parme
La cousine Bette
La Curée
La Farce de Maitre Pathelin
La ferme des animaux
La guerre de Troie n'aura pas lieu
La leçon
La Machine Infernale
La métamorphose
La mort du roi Tsongor
La nuit des temps
La nuit du renard
La Parure

La peau de chagrin

La Petite Fille de Monsieur Linh

La Photo qui tue

La Plage d'Ostende

La princesse de Clèves

La promesse de l'aube

La Vénus d'Ille

La vie devant soi

L'alchimiste

L'Amant

L'Ami retrouvé

L'appel de la forêt

L'assassin habite au 21

L'assommoir

L'attentat

L'attrape-coeurs

Le Bal

Le Barbier de Séville

Le Bourgeois Gentilhomme

Le Capitaine Fracasse

Le chat noir

Le chien des Baskerville

Le Cid

Le Colonel Chabert

Le Comte de Monte-Cristo

Le dernier jour d'un condamné

Le diable au corps

Le Grand Meaulnes

Le Grand Troupeau

Le Horla

Le jeu de l'amour et du hasard

Le Joueur d'échecs

Le Lion

Le liseur

Le malade imaginaire

Le Mariage de Figaro

Le meilleur des mondes

Le Monde comme il va

Le Parfum

Le Passeur

Le Petit Prince

Le pianiste

Le Prince

Le Roman de la momie

Le Roman de Renart

Le Rouge et le Noir

Le Soleil des Scortas

Le Tartuffe

Le vieux qui lisait des romans d'amour

L'Ecole des Femmes

L'Ecume Des Jours

Les Bonnes

Les Caprices de Marianne

Les cerfs-volants de Kaboul

Les contes de la Bécasse

Les dix petits nègres

Les femmes savantes

Les fourberies de Scapin

Les Justes

Les Lettres Persanes

Les liaisons dangereuses

Les Métamorphoses

Les Mouches

Les Trois mousquetaires

L'étrange cas du Dr Jekyll et de Mr Hyde

L'Ile Au Trésor

L'île des esclaves

L'illusion comique

L'Ingénu

L'Odyssée

L'Ombre du vent

Lorenzaccio

Madame Bovary

Manon Lescaut

Micromégas

Mon ami Frédéric

Mon bel oranger

Nana

Ne tirez pas sur l'oiseau moqueur

Notre-Dame de Paris

Oliver twist

On ne badine pas avec l'amour

Oscar et la dame rose

Pantagruel

Le Misanthrope

Perceval ou le conte du Graal

Phèdre

Ravage

Roméo et Juliette

Ruy Blas

Sa Majesté des Mouches

Si c'est un homme

Stupeur et tremblements

Supplément au voyage de Bougainville

Tanguy

Thérèse Desqueyroux

Thérèse Raquin

Ubu Roi

Un Barrage contre le Pacifique

Un long dimanche de fiançailles

Un secret

Vendredi ou la vie sauvage

Vipère au poing

Voyage au bout de la nuit

Voyage au centre de la terre

Yvain ou le Chevalier au lion

Zadig

À propos de la collection

La série FichesdeLecture.com offre des contenus éducatifs aux étudiants et aux professeurs tels que : des résumés, des analyses littéraires, des questionnaires et des commentaires sur la littérature moderne et classique. Nos documents sont prévus comme des compléments à la lecture des oeuvres originales et aide les étudiants à comprendre la littérature.

Fondé en 2001, notre site FichesdeLectures.com s'est développé très rapidement et propose désormais plus de 2500 documents directement téléchargeables en ligne, devenant ainsi le premier site d'analyses littéraires en ligne de langue française.

FichesdeLecture est partenaire du Ministère de l'Education du Luxembourg depuis 2009.

Plus d'informations sur www.fichesdelecture.com

ISBN: 978-2-511-02888-9

Notes :